Paixão simples

FÓSFORO

ANNIE ERNAUX

Paixão simples

Tradução do francês por
MARÍLIA GARCIA

2ª reimpressão

Nous deux — a revista — é mais obscena que Sade.

ROLAND BARTHES

NESTE VERÃO, assisti pela primeira vez a um filme pornográfico no Canal +. Como minha TV não tem antena, as imagens na tela apareciam desfocadas e as palavras eram substituídas por uma sonoplastia estranha, um crepitar, um murmúrio, um tipo de linguagem diferente, doce e ininterrupta. Dava para distinguir o corpo de uma mulher, de espartilho e meia-calça, um homem. O enredo era incompreensível, sendo impossível prever gestos ou ações. O homem se aproximou da mulher. Houve um close no sexo da mulher, bem nítido em meio às cintilações da tela, e em seguida o sexo do homem, com uma ereção, entrou no da mulher. Por um bom tempo, o vaivém dos dois sexos foi mostrado sob vários ângulos. O pau reapareceu, agora na mão do homem, e o esperma se espalhou sobre o ventre da mulher. É certo que nos habituamos a ver essa cena, mas na primeira vez ela é sempre chocante. Séculos e mais séculos, centenas de gerações, e só agora podemos ver um sexo de mulher e um sexo de homem se juntando, e o esperma — aquilo que não podíamos olhar sem quase ter um troço se torna agora tão acessível quanto um aperto de mão.

Eu achava que a escrita deveria se aproximar dessa impressão provocada pela cena do ato sexual, desse sentimento de angústia e estupor, da suspensão de julgamento moral.

DESDE SETEMBRO do ano passado, não fiz outra coisa além de esperar por um homem: que ele me telefonasse e viesse à minha casa. Eu ia ao mercado, ao cinema, levava a roupa para a lavanderia, corrigia trabalhos, lia, agia exatamente como antes, mas só conseguia seguir em frente porque estava muito acostumada a fazer isso tudo. A impressão que eu tinha, sobretudo quando falava, era de estar vivendo no automático. As palavras e as frases, o próprio riso, formavam-se em minha boca sem a participação efetiva da minha reflexão ou vontade. Lembro apenas por alto dos meus afazeres, dos filmes que via, das pessoas que encontrava. Minha conduta era totalmente artificial. As únicas ações que envolviam minha vontade, meu desejo e qualquer coisa da ordem da inteligência humana (prever, avaliar os prós e contras, as consequências) tinham todas relação com esse homem:

ler no jornal os artigos sobre seu país (ele era estrangeiro)

escolher a roupa e a maquiagem

escrever cartas para ele

trocar o lençol da cama e colocar flores no quarto

anotar o que não podia esquecer de lhe dizer, no próximo encontro, que pudesse ser do interesse dele

comprar uísque, frutas, petiscos para comermos juntos à noite

imaginar em qual cômodo faríamos amor quando ele chegasse.

Ao conversar com outras pessoas, os únicos assuntos que rompiam minha indiferença estavam relacionados a esse homem, ao trabalho dele, ao país de onde vinha, aos lugares que conhecia. A pessoa que falava comigo não desconfiava de que meu súbito interesse por suas palavras não tinha relação com o jeito como ela contava, tampouco com o assunto em si, mas com o fato de que um dia, dez anos antes de eu conhecê-lo, numa viagem a trabalho a Havana, A. poderia ter entrado justo naquela boate, a Fiorendito, que agora meu interlocutor descrevia com minúcia, estimulado por minha escuta atenta. Da mesma forma que, ao ler, as frases que me prendiam diziam respeito a relacionamentos entre homens e mulheres. Parecia que elas me ensinavam alguma coisa sobre A. e davam um sentido definitivo àquilo em que eu queria acreditar. Assim, ao ler que "quando amamos fechamos os olhos ao beijar", em *Vida e destino*, de Grossman, eu supunha que A. me amava porque me beijava assim. Em seguida, o resto do livro se tornava para mim o mesmo que todas as outras atividades no último ano, apenas um meio de passar o tempo entre um encontro e outro.

O único futuro que me aguardava era o próximo telefonema dele marcando um horário. Eu tentava sair o menos possível, salvo para os compromissos de trabalho — cujos horários ele conhecia —, sempre temendo perder uma ligação dele durante minha ausência. Também evitava usar o aspirador ou o secador de cabelo, pois poderiam me impedir de ouvir o toque do telefone. E quando ele tocava, me tomava de assalto uma esperança que, no geral, durava apenas o tempo de pegar lentamente o aparelho e dizer "alô". Ao descobrir que não era ele, a frustração era tão intensa que na mesma hora eu passava a detestar a pessoa do outro lado da linha. Assim que ouvia a voz de A., minha espera indefinida, dolorosa, certamente ciumenta, evaporava tão rápido que eu tinha a sensação de que estivera louca e, de repente, voltara ao normal. Era chocante perceber, no fundo, a insignificância da voz dele e a importância desmedida que ela assumia na minha vida.

Se ele anunciava que viria dentro de uma hora — uma "oportunidade" tinha aparecido, ou melhor, uma desculpa para chegar tarde em casa sem que sua mulher desconfiasse —, eu entrava numa outra espera, sem nenhum pensamento ou mesmo desejo (a ponto de me perguntar se seria capaz de ter um orgasmo), inundada por uma energia febril para as tarefas que não conseguia ordenar: tomar um banho rápido, pegar os copos, pintar as unhas, passar um pano no chão. Já não sabia sequer quem eu esperava. Ficava capturada por aquele instante — cuja proximidade sempre me apavorava — em que ouviria o carro frear, a porta bater, os passos dele na soleira de concreto.

Se ele me deixava esperando durante um intervalo mais longo, três ou quatro dias entre telefonar e vir, eu pensava com desânimo em todos os trabalhos que deveria entregar antes do encontro, nos jantares de amigos aos quais deveria ir etc. Meu desejo era não fazer nada além de esperá-lo. Vivia cada vez mais assombrada pensando que alguma coisa poderia acontecer e impedir nosso encontro. Uma tarde dessas, quando voltava para casa de carro meia hora antes de ele chegar, ocorreu-me que eu poderia bater o carro. E em seguida: "Não sei se frearia".*

Uma vez pronta, maquiada, penteada, com a casa arrumada, se ainda me sobrasse algum tempo, era incapaz de ler ou corrigir trabalhos. De certa forma não queria desviar minha atenção para outra coisa que não fosse a espera por A.: não queria estragar esse momento. Muitas vezes escrevia numa folha de papel a data, a hora e "ele está vindo", com outras frases e medos, ou de que ele não viesse, ou de que me desejasse menos do que antes. À noite, pegava o papel e escrevia "ele veio", tomando notas desordenadas sobre os detalhes do encontro. Em seguida, olhava boquiaberta a folha rabiscada, com os dois parágrafos, um escrito antes, outro depois, mas que eram lidos de uma vez, sem quebra. Entre os dois havia palavras e gestos que tornavam todo o resto irrelevante, inclusive a escrita por meio da qual eu tentava fixá-los.

* Tenho sempre o hábito de comparar um desejo e um acidente que eu poderia causar ou sofrer, uma doença, ou alguma coisa mais ou menos trágica. Uma forma garantida de medir a força do meu desejo — e talvez, também, de desafiar o destino — é pensar se eu aceitaria pagar o preço da fantasia: "Minha casa pode pegar fogo se eu conseguir terminar o texto que estou escrevendo".

Um intervalo de tempo delimitado por dois ruídos de carro, seu Renault 25 freando e depois dando a partida, no qual eu tinha certeza de nunca ter vivido nada mais importante na minha vida, nem ter filhos, nem ter passado em concursos, nem ter feito viagens para longe, nada importava mais do que aquilo, estar na cama com esse homem no meio da tarde.

Durava apenas algumas horas. Eu nunca ficava de relógio, tirava logo antes de ele chegar. Ele mantinha o dele, e eu temia o momento em que o consultaria discretamente. Quando ia à cozinha buscar gelo, eu olhava para o relógio em cima da porta, "mais de duas horas", "uma hora", ou "daqui a uma hora estarei aqui e ele terá ido embora". E perguntava, perplexa: "Cadê o presente?".

Antes de ir embora, ele se vestia devagar. Eu o assistia enquanto abotoava a camisa, punha as meias, a cueca, a calça, virava para o espelho para dar o nó na gravata. Quando tivesse fechado o casaco, tudo estaria acabado. Nessas horas, eu era apenas o tempo passando por mim.

Depois que ele saía, um cansaço extremo me paralisava. Não conseguia arrumar as coisas de imediato. Ficava um tempo olhando os copos, os pratos com as sobras, o cinzeiro cheio, as roupas e peças de lingerie espalhadas pelo corredor e pelo quarto, o lençol sobre o carpete. Minha vontade era manter aquela desordem tal como estava — ali cada objeto significava um gesto e um momento, e compunha um quadro cuja força e cuja dor eu nunca sentiria diante de nenhum outro quadro num museu. É claro, eu só me lavava no dia seguinte para poder guardar dentro de mim o esperma dele.

Eu contava quantas vezes tínhamos feito amor. Sentia que a cada vez alguma coisa nova era adicionada à nossa relação, mas, ao mesmo tempo, sabia que era esse acúmulo de gestos e de prazeres que alguma hora iria nos afastar. Gastávamos um capital de desejo. Tudo o que ganhávamos na ordem da intensidade física perdíamos ao longo do tempo.

Caía numa espécie de sono leve em que tinha a sensação de dormir sobre o corpo dele. No dia seguinte, mergulhava numa espécie de torpor, revivendo inúmeras vezes uma carícia que ele fizera ou repetindo uma palavra que ele havia dito. Ele não conhecia nenhuma palavra obscena em francês, ou melhor, não tinha vontade de usá-las, pois, para ele, não eram palavras carregadas de um interdito social, eram tão inocentes quanto quaisquer outras (exatamente como seriam para mim os palavrões de sua língua). No trem ou no supermercado, eu ouvia a voz dele sussurrando "acaricia meu sexo com a boca". Uma vez, na estação Opéra, mergulhada em fantasias, deixei passar, sem me dar conta, a conexão para outra linha que precisava pegar.

Esse estado anestésico ia se dissipando aos poucos, à medida que se afastava a data do nosso último encontro, eu voltava a esperar uma ligação dele com cada vez mais sofrimento e angústia. Da mesma forma que, em outros tempos, quanto mais eu me afastava do dia em que havia feito uma prova, mais tinha certeza de ter sido reprovada, agora, quanto mais dias passassem sem que ele me procurasse, mais tinha certeza de ter sido abandonada.

Os únicos momentos felizes que passava em sua ausência eram aqueles em que ia às compras e depois ficava diante do espelho experimentando vestidos novos, brincos, meias, com o objetivo ideal, impossível, de que a cada encontro ele pudesse me ver com um figurino diferente. Por não mais de cinco minutos ele notaria minha camisa ou meus sapatos novos que, então, ficariam abandonados em qualquer lugar até que ele fosse embora. Eu sabia que aquelas peças não teriam nenhuma valia diante de um possível novo desejo dele por outra mulher. Mas encontrá-lo usando uma roupa que ele já tinha visto me parecia um erro, um descuido do esforço que eu fazia para atingir a perfeição no nosso relacionamento. Com esse mesmo desejo de perfeição, folheei, numa loja de departamentos, um livro chamado *Técnicas do amor físico*. Estampado na capa, "Setecentos mil exemplares vendidos".

Com frequência tinha a sensação de viver essa paixão como se escrevesse um livro: a mesma necessidade de executar à perfeição cada cena, o mesmo cuidado com os detalhes. E até pensava que não me importaria em morrer depois de ter ido ao limite da minha paixão — sem poder precisar o que significava "o limite" —, da mesma forma que poderia morrer depois que tivesse terminado de escrever isto aqui em alguns meses.

Na frente dos meus conhecidos, eu tentava não transparecer essa obsessão nas minhas palavras, embora isso exigisse uma vigilância constante e difícil de manter. No cabeleireiro, vi uma mulher muito tagarela, com quem todo mundo falava com naturalidade até o momento em que ela disse, a cabeça reclinada no lavatório, "faço um tratamento para os nervos". Na mesma hora, imperceptivelmente, os funcionários começaram a tratá-la com certa distância, como se essa confissão irrefreável fosse a prova de seu transtorno. Eu sentia medo de soar anormal como ela se dissesse "estou vivendo uma paixão". Mas, quando estava entre outras mulheres, no caixa do mercado, no banco, ficava imaginando se elas também viviam com um homem na cabeça, e, se não, como faziam para viver assim — do mesmo modo que eu vivia antes —, isto é, tendo apenas a perspectiva de espera pelo final de semana, por uma ida ao restaurante, pela aula de ginástica ou pelos resultados escolares dos filhos: tudo aquilo que para mim, agora, era cansativo ou indiferente.

Se uma mulher ou um homem confessavam estar vivendo, ou terem vivido, "um amor louco por uma pessoa" ou "uma relação intensa com alguém", eu sentia vontade de abrir meu coração. Passada a euforia da cumplicidade, culpava-me por ter me deixado levar, por pouco que tivesse sido. Ainda que respondesse às falas dos outros com "eu também, comigo é igual, fiz a mesma coisa etc.", essas conversas me pareciam, de repente, alheias à realidade da minha paixão e inúteis. Além do mais, tinha a impressão de que alguma coisa se perdia com toda essa efusão.

Aos meus filhos, que eram estudantes e de vez em quando ficavam comigo, só revelei o mínimo para poder garantir a parte prática do meu relacionamento. Assim, eles deviam telefonar para saber se poderiam vir para cá e, se estivessem aqui, deveriam sair logo que A. anunciasse que estava a caminho. Esse acordo não suscitava — ao menos na aparência — nenhuma dificuldade. Mas, para mim, teria sido preferível manter total segredo para meus filhos, do mesmo modo que em outros tempos sempre escondia dos meus pais minhas paqueras e aventuras amorosas. Talvez porque quisesse evitar o julgamento deles. Mas também porque pais e filhos são os menos propensos a aceitar sem mal-estar a sexualidade dos que lhes são carnalmente mais próximos e, por isso, para sempre os mais interditos. Já os filhos se recusam a ver a evidência estampada no olhar perdido e no silêncio ausente da mãe, que se importa com eles tanto quanto uma gata louca para ir para a rua se importaria com seus gatinhos já crescidos.*

Durante esse período, não ouvi nenhuma vez música clássica, preferia as canções. As mais sentimentais, que antes passavam despercebidas, eram as que mais me comoviam. Nomeavam sem rodeios o caráter absoluto e universal da paixão. Ao ouvir Sylvie Vartan cantar "*c'est fatal, animal*", tinha certeza de que eu não era a única a viver essa experiência. As canções acompanhavam e legitimavam o que estava acontecendo comigo.

nas revistas femininas, eu lia primeiro o horóscopo.

* Na revista *Marie Claire*, alguns jovens entrevistados condenam com severidade os amores vividos por suas mães separadas ou divorciadas. Uma moça diz com rancor: "Os namorados da minha mãe só serviram para que ela ficasse sonhando". Precisa dizer mais?

era tomada pelo desejo de ver na mesma hora um filme que eu tinha certeza de que contava uma história como a minha, e ficava muito decepcionada se, por ser antigo, não estivesse passando em nenhum lugar, como *O império dos sentidos*, de Oshima.

dava esmola para homens e mulheres sentados nos corredores do metrô, na expectativa de que ele me ligasse à noite. Fiz uma promessa de que mandaria duzentos francos para a instituição beneficente Secours populaire se ele viesse me ver antes de uma data que eu havia estabelecido. Ao contrário do meu modo habitual de viver, passei a jogar dinheiro fora com facilidade. Era algo que parecia fazer parte de um gasto geral, necessário, inseparável de minha paixão por A., que também incluía o do tempo que eu perdia sonhando e esperando e, é claro, o do corpo: fazer amor até cambalear de cansaço, como se fosse a última vez. (Quem podia garantir que não seria?)

uma tarde em que ele estava comigo, deixei queimar o tapete da sala até a urdidura ao colocar em cima uma cafeteira fervendo. Fiquei indiferente. E mesmo depois, a cada vez que me dava conta dessa marca, ficava feliz ao me lembrar daquela tarde com ele.

as pequenas chateações do dia a dia não me irritavam. Nem me incomodei com uma greve dos correios que durou dois meses, afinal, A. não me mandava cartas (talvez por prudência de homem casado). Esperava tranquila nos engarrafamentos, no guichê do banco, e não me irritava quando algum funcionário me recebia de mau humor. Nada me aborrecia. Sentia pelos outros uma mistura de compaixão, dor e fraternidade. Compadecia-me dos pobres deitados nos bancos, dos clientes de prostitutas, de uma sonhadora mergulhada num romance de amor água com açúcar (mas não saberia dizer o que havia em mim que se identificava com eles).

uma vez, indo buscar, nua, algumas cervejas na geladeira, pensei nas mulheres, solteiras ou casadas, mães de família, que, no bairro da minha infância, recebiam escondidas um homem à tarde (dava para ouvir tudo — e era impossível saber se os vizinhos as reprovavam pela má conduta ou por dedicarem as horas do dia ao prazer em vez de limparem os vidros de casa). Pensava nelas com uma profunda satisfação.

Durante todo esse tempo, tinha a impressão de viver minha paixão de forma romanesca, mas agora não sei qual é a forma em que escrevo, se a do testemunho, da confissão tal como praticada nos diários femininos, ou se a do manifesto ou processo verbal, ou até do comentário textual.

Não estou contando a narrativa de um relacionamento, nem uma história (que me escapa pela metade) com uma cronologia precisa — "ele veio no dia 11 de novembro" — ou aproximada — "as semanas passaram". Para mim não havia essa cronologia em nossa relação, eu só conhecia a presença ou a ausência. Estou apenas acumulando as manifestações de uma paixão que oscila o tempo todo entre "sempre" e "um dia", como se este inventário pudesse me dar acesso à realidade dessa paixão. Nesta enumeração e descrição dos fatos não há, é claro, nem ironia nem deboche, que são formas de contar as coisas aos outros ou a si mesmo depois de tê-las vivido — mas não de experimentá-las no próprio momento em que acontecem.

Tampouco tenho a intenção de buscar a origem dessa paixão em minha história remota, que um psicanalista me levaria a reconstituir, ou em minha história recente, e nem em modelos culturais sentimentais que me influenciaram desde a infância (*...E o vento levou*, *Fedra* ou as canções de Piaf são tão decisivas quanto o complexo de Édipo). Não quero explicar minha paixão — o que me levaria a considerá-la um erro ou um transtorno do qual seria preciso me justificar —, só quero mostrar o que ela é.

Talvez os únicos dados a se levar em conta sejam materiais, o tempo e a liberdade de que pude dispor para viver isso tudo.

Ele adorava roupas Saint-Laurent, gravatas Cerruti e carros grandes. Dirigia rápido, piscando os faróis, sem falar, como se totalmente entregue à sensação de ser livre, de estar bem-vestido, numa posição de poder em uma estrada francesa, ele que vinha de um país do Leste. Gostava quando o achavam parecido com Alain Delon. Eu deduzia — tanto quanto podia ao lidar com um estrangeiro — que ele não via muito interesse nas coisas intelectuais e artísticas, apesar do respeito que lhe inspiravam. Na televisão, preferia ver os programas de *quiz* e as novelas, como *Santa Barbara*. Eu era indiferente a isso. Talvez porque antes de mais nada eu considerava as preferências de A., estrangeiro, como diferenças culturais, enquanto num francês essas mesmas preferências me pareceriam sociais. Ou talvez porque eu sentisse prazer em identificar em A. o lado mais "novo-rico" de mim mesma: na adolescência, eu era louca por vestidos, discos e viagens, e vivia privada disso tudo no meio de colegas que esbanjavam esses bens — à semelhança de A., "privado", assim como todo o seu povo, desejando somente ter as belas camisas e os videocassetes das vitrines ocidentais.*

Ele bebia demais, conforme os costumes dos países do Leste. Eu ficava assustada com a possibilidade de que sofresse um acidente na estrada voltando para casa, mas não me desagradava. Mesmo quando ele cambaleava ou arrotava ao me beijar. Pelo contrário, ficava feliz de estar perto dele num momento que beirava o abjeto.

Não conseguia entender a natureza da sua relação comigo. No começo, deduzi por certos indícios — a cara de felicidade, o jeito silencioso ao olhar para mim, o fato de dizer "vim dirigindo como um louco", ou de me contar de sua infância — que ele

* Esse homem continua vivendo em algum lugar no mundo. Não posso descrevê-lo com mais detalhes ou oferecer elementos que permitiriam identificá-lo. Ele "vive a vida" com determinação, isto é, a obra mais importante para ele é essa vida. O fato de que para mim seja diferente não me autoriza a expor sua identidade. Ele não escolheu figurar no meu livro, só em minha existência.

sentia a mesma paixão que eu. Essa certeza foi logo abalada. Ele se tornou mais reservado, menos disposto a se entregar — mas bastava que contasse de seu pai ou das framboesas que colhia no bosque aos doze anos para eu mudar de ideia. Já não me dava mais nada de presente — quando eu ganhava flores ou um livro de algum amigo, pensava nas atenções que ele não julgava mais necessário ter comigo, mas em seguida justificava: "Ele me dá de presente o seu desejo". Anotava com avidez as frases que considerava serem sinais de ciúmes dele, únicas provas, para mim, do amor que ele sentia. Depois de algum tempo, percebi que frases como "você vai viajar no Natal?" eram apenas perguntas banais ou práticas para programar um encontro ou não, e de modo algum uma maneira enviesada de saber se eu ia esquiar com alguém (talvez ele até desejasse minha ausência para poder se encontrar com outra mulher?). Muitas vezes ficava pensando qual significado teria, para ele, passar essas tardes fazendo amor. Possivelmente nada mais que isso, fazer amor. De todo modo era inútil buscar motivos secundários, afinal, só de uma única coisa eu poderia ter certeza: do seu desejo ou da falta de desejo. A única verdade incontestável estava visível em seu sexo.

O fato de A. ser estrangeiro tornava ainda mais difícil fazer qualquer interpretação de seu comportamento, moldado por uma cultura da qual eu só conhecia o aspecto turístico, os clichês. No início, me senti desencorajada por esses limites óbvios ao entendimento mútuo, reforçados pelo fato de que, embora ele se expressasse muito bem em francês, eu não falava a língua dele. Mais tarde admiti que essa circunstância me poupava da ilusão de acreditar numa comunicação perfeita, ou até numa fusão, entre nós. O tempo todo eu avaliava quão imprecisas eram nossas conversas, observando a leve diferença entre o francês falado por ele e o uso padrão da língua, ou minhas dúvidas a respeito do sentido atribuído por ele a uma palavra. Eu tivera o privilégio de viver desde o começo, de modo constante e em plena consciência, aquilo que depois sempre acabamos descobrindo, imersos em estupor e angústia: que o homem que amamos é um completo estranho.

As restrições que ele me impunha por sua situação de homem casado — não lhe telefonar — não lhe enviar cartas — não lhe dar presentes que fossem difíceis de justificar — sempre depender da possibilidade de ele se liberar — não me revoltavam.

na hora em que ele ia embora eu entregava as cartas que tinha escrito. A suspeita de que, depois de ler, ele as jogaria fora, talvez em pedacinhos pela estrada, não me impedia de continuar a escrevê-las.

tomava cuidado para não deixar nenhum vestígio meu nas suas roupas e nenhuma marca na pele. Além de querer evitar que ele viesse a ter qualquer cena com a mulher, também não queria correr o risco de despertar nele um rancor que o levaria a me deixar. Por esse mesmo motivo, evitava encontrá-lo nos lugares onde ela o acompanhava. Tinha medo de me denunciar diante dela com um gesto espontâneo — fazer um carinho na nuca dele, arrumar algum detalhe em sua roupa. (E também não queria sofrer inutilmente ao imaginar A. fazendo amor com ela, como acontecia cada vez em que eu a via. Pensar que ela era insignificante, ou que ele só fazia amor com ela porque estava "à mão", não amenizava em nada a tortura dessa fantasia.)

Até mesmo tais restrições viravam motivos de espera e de desejo. Como ele sempre me ligava de telefones públicos, cujo funcionamento era imprevisível, quando eu atendia, acontecia com frequência de não ouvir ninguém do outro lado da linha. Com o tempo, aprendi que essa ligação falsa antecedia uma verdadeira, no máximo quinze minutos depois, que era o tempo de ele achar um aparelho que funcionasse. Essa primeira ligação muda era precursora de sua voz, uma (rara) promessa de felicidade, e o intervalo que me separava da ligação seguinte — em que ele diria meu nome e "vamos nos ver?" — era um dos momentos mais belos que já vivi.

Diante da TV à noite, me perguntava se ele estaria assistindo ao mesmo programa ou ao mesmo filme que eu, sobretudo se o tema fosse amor ou erotismo, ou se o roteiro tivesse alguma correspondência com a nossa situação. Pensava, então, que ele estaria vendo *A mulher do lado* imaginando nós dois no lugar dos personagens. Se ele me dissesse que, de fato, tinha visto esse filme, achava que ele o tinha escolhido naquela noite por causa de nós dois e que, representada na tela, nossa história deveria lhe parecer mais bela ou, pelo menos, justificada. (É claro que descartava de cara a ideia de que nosso relacionamento pudesse, pelo contrário, parecer-lhe perigoso, pois no cinema, com frequência, todas as paixões fora do casamento acabam mal.)*

De vez em quando dizia a mim mesma que talvez ele tivesse passado o dia todo sem pensar em mim um minuto sequer. Eu o via acordar, tomar café da manhã, falar, rir, como se eu não existisse. Essa diferença em relação à minha obsessão me deixava abismada. Como era possível? Por outro lado, ele próprio teria ficado espantado ao saber que não saía da minha cabeça, desde a manhã até a noite. Não havia motivos para considerar a minha atitude mais legítima que a dele. Em certo sentido, eu tinha mais sorte que ele.

Quando eu caminhava por Paris, vendo desfilar, pelos bulevares, carros enormes dirigidos por homens solitários, com pinta de executivos ocupados, percebia que A. não era diferente deles, preocupados sobretudo com a própria carreira, e com pitadas de erotismo, talvez de amor, por uma nova mulher a cada dois ou três anos. Essa descoberta me liber-

* *Loulou*, de Pialat, *Linda demais para você*, de Blier etc.

tou. Decidi não vê-lo mais. Fui tomada pela certeza de que ele tinha se tornado para mim tão anônimo e sem interesse quanto aqueles motoristas impecáveis em suas BMWs e seus Renaults 25. Porém, ao caminhar, olhava nas vitrines os vestidos e as lingeries como se profetizassem um próximo encontro.

Esses momentos de distanciamento, efêmeros, vinham de fora, eu não buscava nada disso. Muito pelo contrário, evitava situações que pudessem me tirar da minha obsessão: leituras, saídas e outras atividades que antes gostava de fazer. Desejava o ócio completo. Recusei com ímpeto uma carga extra de trabalho que meu diretor solicitou, e quase o insultei ao telefone. Sentia que estava no direito de me opor a tudo o que atrapalhasse uma entrega sem limites às sensações e narrativas imaginárias da minha paixão.

No trem, no metrô, nas salas de espera, em qualquer lugar em que é permitido ficar à toa, logo que eu me sentava, começava a fantasiar com A. No momento exato em que entrava nesse estado, minha cabeça era invadida por um espasmo de felicidade. Tinha a impressão de me abandonar a um prazer físico, como se o cérebro, sob o afluxo repetido das mesmas imagens, das mesmas lembranças, pudesse ter um orgasmo, como se fosse um órgão sexual similar aos outros.

O certo é que não sinto nenhuma vergonha ao escrever essas coisas graças ao intervalo que separa o momento em que elas são escritas, em que estou sozinha observando-as, do momento em que elas serão lidas por outras pessoas, o qual, tenho a impressão, nunca vai chegar. Daqui até lá, posso sofrer um acidente, morrer, pode acontecer uma guerra ou uma revolução. É esse intervalo de tempo que me permite escrever hoje — um pouco como aos dezesseis anos eu ficava deitada tomando sol um dia inteiro ou como aos vinte fazia amor sem contraceptivos: sem pensar nas consequências.

(É, portanto, um erro equiparar quem escreve sobre a própria vida com um exibicionista, pois este último tem apenas um desejo, mostrar-se e ser visto no mesmo instante.)

NA PRIMAVERA, minha espera se tornou contínua. Um calor antecipado se instalou no começo de maio. Pelas ruas surgiam os vestidos de verão, e as mesas ao ar livre nos cafés ficavam cheias. Por todo lado tocava uma música exótica, "La lambada", murmurada por uma voz feminina abafada. Tudo evocava novas possibilidades de prazer que, eu estava certa, A. aproveitaria sem mim. Imaginava que o cargo ocupado por ele na França era importantíssimo e poderia atrair a admiração de todas as mulheres; em proporção inversa, eu me diminuía, não encontrava nada em mim que pudesse mantê-lo ao meu lado. Quando ia a Paris, não importava a qual bairro, sempre esperava vê-lo passar de carro com uma mulher ao lado. Andava numa postura ereta, antecipando uma atitude orgulhosamente indiferente a esse encontro. Ficava ainda mais decepcionada porque isso nunca acontecia: passeava transpirando sob o olhar imaginário dele pelo Boulevard des Italiens enquanto ele estava em outro lugar qualquer, inalcançável. Vivia assombrada pela imagem dele dirigindo com a janela aberta e o rádio ligado, na direção do Parc de Sceaux ou do Bois de Vincennes.

Um dia comecei a ler, numa revista de programação da TV, uma matéria sobre um grupo de dançarinos vindos de Cuba que estavam numa turnê em Paris. O autor insistia em falar sobre a sensualidade e a liberdade dos cubanos. Uma foto mostrava a dançarina entrevistada, alta, com cabelos pretos e as pernas longas à mostra. À medida que avançava na leitura, meu pressentimento aumentava. Ao fim, tinha certeza de que A., que já tinha ido a Cuba, havia conhecido a dançarina da foto. Eu o via com ela num quarto de hotel e nada poderia, naquele instante, convencer-me de que era uma cena inverossímil. Pelo contrário, a hipótese de que isso não teria acontecido me parecia estúpida e inimaginável.

Quando ele ligava para marcar um encontro, sua ligação mil vezes aguardada não alterava nada, eu continuava na mesma tensão dolorosa de antes. Eu havia entrado num estado em que mesmo o dado real de sua voz não era capaz de me deixar feliz. Tudo se resumia a uma falta infinita, exceto o momento em que estávamos juntos fazendo amor. E, mesmo ali, eu era assombrada pelo momento seguinte, em que ele teria partido. Até o prazer eu vivia como uma dor futura.

O tempo todo me assaltava o desejo de terminar, para não ter mais que ficar à mercê de uma chamada, para não sofrer mais, e logo imaginava o que viria com o término: uma sequência de dias sem nada para esperar. Então preferia continuar, ainda que a um custo alto — que ele tivesse outra mulher, ou várias (isto é, um sofrimento ainda maior que aquele que me levava a querer deixá-lo). Porém, se comparada ao vazio vislumbrado, minha situação presente parecia feliz, e meu ciúme era uma espécie de privilégio frágil cujo fim eu fora louca de desejar, já que cedo ou tarde esse fim chegaria, independentemente da minha vontade, quando ele fosse embora ou me abandonasse, ele, sempre ele.

Eu tentava fugir de situações em que poderia encontrá-lo no meio de outras pessoas, não suportava ver A. só por ver. Desse modo, não fui a uma inauguração para a qual ele fora convidado, embora tenha ficado a noite inteira obcecada com a mesma imagem na cabeça, a dele sorrindo todo solícito ao lado de alguma mulher — da mesma maneira que fizera comigo na noite em que nos conhecemos. Logo depois, alguém me disse que só tinham comparecido na ocasião "meia dúzia de gatos pingados". Fiquei aliviada, repetindo para mim mesma essa expressão com prazer, como se houvesse uma relação entre o ambiente do evento, a quantidade de mulheres convidadas, e aquilo que dependia apenas do acaso do encontro — afinal, uma única mulher bastava —, do desejo que ele poderia ter, ou não, de paquerá-la.

Tentava saber o que ele fazia e para onde ia nos fins de semana. Pensava "neste momento ele está na floresta de Fontainebleau correndo — está na estrada de Deauville — na praia ao lado da mulher" etc. Saber me tranquilizava, pois achava que situá-lo em tal lugar, em tal momento, poderia me prevenir contra uma infidelidade. (Crença que aproximo de outra, também persistente, que consiste em achar que conhecer o lugar da festa ou das férias dos meus filhos bastaria para protegê-los de um acidente, das drogas ou de um afogamento.)

Não queria sair de férias naquele verão, ter que acordar de manhã num quarto de hotel com um dia inteiro para atravessar à minha frente, sem nenhuma ligação dele para esperar. Mas renunciar a uma viagem seria lhe confessar mais abertamente a minha paixão do que dizer "estou louca por você". Um dia, estava atormentada pelo desejo de terminar quando decidi, em vez disso, reservar uma passagem de trem e um hotel em Florença para dali a dois meses. Fiquei satisfeita com essa forma de término em que não era obrigada a deixá-lo. Vi chegar o dia da viagem como o de uma prova para a qual eu havia me inscrito com muita antecedência e não havia me preparado — com desânimo e um sentimento de inutilidade. No beliche do vagão-leito, não conseguia parar de pensar em mim mesma naquele mesmo trem, mas dessa vez voltando a Paris, oito dias depois: a perspectiva de uma felicidade insólita, quase impossível (talvez eu fosse morrer em Florença e não tornasse a revê-lo), aumentava meu terror de me afastar cada vez mais de Paris e me fazia perceber o intervalo entre a ida e a volta como uma duração interminável e excruciante.

O pior de tudo era não poder ficar no quarto do hotel o dia todo, à espera do trem que me levaria de volta a Paris. Precisava justificar a viagem com programas culturais, passeios que costumamos fazer nas férias. Caminhava por horas a fio no Oltrarno, nos jardins de Boboli, até a praça Michelangelo, basílica de San Miniato. Entrava em todas as igrejas abertas, fazia três pedidos (pela crença de que um deles seria atendido — é claro que os três diziam respeito a A.) e ficava sentada aproveitando o ambiente fresco e silencioso, perseguindo algum dos múltiplos enredos possíveis que me ocorriam continuamente, por todo canto, desde a manhã até a noite — uma estadia com ele em Florença, nosso reencontro dali a dez anos num aeroporto etc.

Não conseguia entender por que as pessoas buscavam nos guias turísticos a data ou a explicação de cada tela, coisas sem qualquer relação com a própria vida. O uso que eu fazia das obras de arte era exclusivamente passional. Voltei à igreja da Badia porque fora ali que Dante conhecera Beatriz. Os afrescos semiapagados da Santa Croce me comoviam graças à minha história, que um dia seria como eles, fragmentos descoloridos na memória de A. e na minha.

Nos museus, eu só via as representações do amor. Ficava atraída pelas estátuas dos homens nus. Encontrava nelas a forma dos ombros de A., a barriga dele, o sexo e, sobretudo, o sulco delicado que acompanha a curvatura interna do quadril até a cavidade da virilha. Não conseguia tirar os olhos do *Davi* de Michelangelo, desconcertada por ter sido um homem e não uma mulher o responsável por expressar de modo tão sublime a beleza do corpo masculino. Mesmo que isso pudesse ser explicado pela condição subjugada das mulheres na época, tinha a impressão de que alguma coisa estava faltando para sempre.*

No trem, ao voltar, tive a sensação de haver literalmente escrito a minha paixão em Florença: caminhando pelas ruas, percorrendo os museus, obcecada por A., vendo tudo com ele, comendo e dormindo com ele naquele hotel barulhento à beira do Arno. Bastaria voltar para ler a história de uma mulher que ama um homem — a minha história. Esses oito dias sozinha, sem falar com ninguém, com exceção dos garçons, possuída pela imagem de A. (a ponto de ficar estarrecida com as cantadas que recebia, será que não viam a imagem dele colada no meu corpo?), esses dias me pareceram, ao fim, uma prova que aprimorou ainda mais o amor. Uma espécie de gasto extra, dessa vez da imaginação e do desejo na ausência.

* Da mesma forma lamentei o fato de não haver uma tela, pintada por uma mulher, que provocasse uma emoção tão indizível quanto o quadro de Courbet mostrando em primeiro plano o sexo ofertado de uma mulher deitada, com o rosto escondido, intitulado *A origem do mundo*.

HÁ SEIS MESES ele foi embora da França e voltou para o seu país. Talvez eu nunca mais o encontre. No começo, quando acordava às duas da manhã, achava que daria no mesmo viver ou morrer. O corpo inteiro doía. Queria arrancar a dor, mas ela estava por toda parte. Desejava que um ladrão entrasse no meu quarto e me matasse. Ao longo do dia, tentava me manter ocupada, não ficar sentada sem fazer nada, para não me sentir perdida (no sentido vago dessa palavra, de afundar na depressão, começar a beber etc.). Com o mesmo objetivo, fazia esforço para me vestir e me maquiar de modo adequado, para usar lentes de contato em vez dos óculos, apesar da energia que esse gesto exigia. Não podia ver televisão nem folhear revistas, todos os comerciais de perfume ou de micro-ondas mostravam a mesma coisa: uma mulher esperando um homem. Virava o rosto ao passar por uma loja de lingerie.

Quando ficava realmente mal, sentia um forte ímpeto de ir consultar uma cartomante, pois essa parecia ser a única coisa vital a fazer. Um dia, busquei os nomes de algumas videntes no minitel.* A lista era longa. Uma delas especificava que, entre suas previsões, estava o terremoto de San Francisco e a morte da cantora Dalida. Durante o tempo que passei anotando os nomes e números de telefone, senti a mesma euforia de um mês antes, enquanto experimentava um vestido novo para A., como se ainda fizesse alguma coisa para ele. Depois, não liguei para nenhuma delas, fiquei com medo de preverem que ele não voltaria. Pensei "eu também cheguei à mesma conclusão", sem me espantar. Não via motivos para não concluir o mesmo.

Uma noite, fui tomada pela vontade de fazer um exame de HIV: "Pelo menos isso ele teria deixado em mim".

* Considerado um precursor da internet, o minitel, que se assemelhava a um pequeno computador, era um terminal de consulta de bancos de dados comerciais existente nos correios franceses. (N.T.)

Queria a todo custo me lembrar do corpo dele, dos fios de cabelo aos dedos dos pés. Conseguia ver, com precisão, os olhos verdes, a mecha balançando sobre a testa, a curva dos ombros. Sentia os dentes, a parte interna de sua boca, a forma de suas coxas, a textura da pele. Pensava que era muito estreito o limiar entre essa reconstituição e uma alucinação, entre a memória e a loucura.

Uma vez, de bruços, me masturbei até gozar, e fiquei com a impressão de que tinha sido um orgasmo dele.

Durante semanas:

acordava no meio da noite e ficava até de manhã num estado confuso, acordada, mas incapaz de pensar. Queria me aninhar dentro do sono, mas ele permanecia o tempo todo debaixo de mim.

não sentia vontade de levantar. Via o dia à minha frente, não tinha planos. Apenas a sensação de que o tempo não me conduziria mais a lugar nenhum, somente me fazia envelhecer.

no supermercado, pensava, "não preciso mais disso" (uísque, amêndoas etc.).

olhava para as camisas e sapatos que tinha comprado para agradar um homem: tudo transformado agora em trapos sem sentido, só estavam ali porque eram artefatos da moda. Era possível desejar essas coisas, qualquer coisa, por outro motivo que não fosse por alguém, para servir ao amor? Tive de comprar um xale por causa do frio intenso: "Ele nunca vai ver".

não suportava mais ninguém. As pessoas que eu conseguia ver eram as que eu tinha conhecido durante meu relacionamento com A. Elas tinham desempenhado um papel em minha paixão. Mesmo que não despertassem meu interesse ou admiração, eu sentia uma espécie de afeto por elas. Mas não podia ver na TV um apresentador ou um ator que um dia tivesse evocado, para mim, o aspecto, os gestos, os olhos de A. Os traços dele em alguém que eu desdenhava eram como uma impostura. Odiava todos eles por continuarem a se parecer com A.

fazia algumas promessas, se ele me ligar antes do fim do mês, vou doar quinhentos francos para uma organização humanitária.

fantasiava que nos encontraríamos num hotel, num aeroporto, ou que ele me mandaria uma carta. Respondia às frases que ele não tinha dito, às palavras que ele nunca escrevera.

se eu fosse a um lugar em que havia ido no ano anterior, quando ele estava na minha vida — ao dentista ou a uma reunião de professores —, vestia o mesmo tailleur de então, tentando me convencer de que as mesmas circunstâncias produziriam os mesmos efeitos, de que ele me ligaria à noite. Ao me deitar por volta da meia--noite, prostrada, percebia que eu tinha acreditado de verdade nesse telefonema o dia inteiro.

Em minhas insônias, às vezes eu me transportava para Veneza, onde havia passado uma semana logo antes de conhecer A. Tentava me lembrar das coisas que fizera e dos meus itinerários, voltava para o Zattere, para as ruelas da Giudecca. Reconstituía meu quarto, no anexo do hotel La Calcina, esforçando-me para me lembrar de tudo, a cama estreita, a janela sempre fechada que dava para os fundos do café Cucciolo, a mesa coberta por uma toalha branca sobre a qual coloquei alguns livros, cujos títulos listei. Fiz um levantamento das coisas que estavam lá, umas depois das outras, buscando esgotar o conteúdo de um lugar no qual havia estado antes de ter tido início a história com A., como se um inventário perfeito fosse me permitir reviver tudo. Num processo de crendice idêntico, às vezes me vinha o impulso de voltar de verdade a Veneza, ficar no mesmo hotel e no mesmo quarto.

Durante esse período, todos os meus pensamentos, todos os meus atos eram a repetição de antes. Queria forçar o presente a se tornar o passado aberto para a felicidade.

Estava sempre calculando, "há duas semanas, cinco semanas, ele foi embora", e "no ano passado, nessa data, eu estava aqui, fazendo isso e aquilo". Por um motivo qualquer, pensava em coisas aleatórias, a abertura de um centro comercial, a visita de Gorbatchov a Paris, a vitória de Chang em Roland-Garros, e de imediato lembrava: "Foi quando ele estava aqui". Revivia momentos daquela época que não tinham nada de especial — estou na sala de arquivos da Sorbonne, caminho pelo Boulevard Voltaire, experimento uma saia na Benetton — com uma sensação tão intensa de ainda estar lá que me perguntava por que era impossível *passar* para aquele dia, para aquele instante, do mesmo modo que passamos de um quarto a outro.

Em meus sonhos, também havia esse desejo de um tempo reversível. Eu falava e discutia com minha mãe (morta), que ali estava viva, mas no sonho eu sabia — e ela também — que ela tinha estado morta.

Isso não tinha nada de extraordinário, a morte dela ficara para trás, como "função já cumprida", simples assim. (Acho que tive esse sonho várias vezes.) Outra vez, era uma menina de maiô que tinha desaparecido durante uma excursão. A reconstituição do crime acontecia em seguida. A criança ressuscitava para, então, ela própria refazer o itinerário que levara à sua morte. Mas, para o juiz, conhecer a verdade tornava ainda mais complicada a reconstituição. Em outros sonhos, eu perdia minha bolsa, meu caminho, não conseguia fazer minha mala para pegar um trem na iminência de chegar. Revia A. no meio de outras pessoas e ele não olhava para mim. Estávamos juntos num táxi, eu o acariciava e seu sexo permanecia inerte. Mais tarde, ele aparecia de novo cheio de desejo. Nosso encontro acontecia no banheiro de um café, numa rua em frente a um muro. Ele me pegava sem dizer nada.

No fim de semana eu me obrigava a alguma atividade física desgastante, faxina, jardinagem. À noite ficava esgotada, as pernas inchadas, como acontecia depois que A. vinha passar a tarde comigo. Mas agora era um cansaço vazio, sem a memória de outro corpo, e me dava aversão.

Comecei a escrever "Desde setembro do ano passado, não fiz outra coisa além de esperar por um homem" etc. mais ou menos dois meses depois da partida de A., não sei mais qual foi o dia. Se, por um lado, consigo me lembrar exatamente de tudo o que está associado ao meu relacionamento com A., das agitações de outubro na Argélia, do calor e do céu aberto de 14 de julho de 1989, até de detalhes fúteis, como a compra de um mixer em junho, na véspera de um encontro, por outro lado é impossível relacionar a escrita de uma página específica a uma chuva torrencial, a um dos acontecimentos que ocorreram no mundo há cinco meses, à queda do Muro de Berlim e à execução dos Ceaușescu. O tempo da escrita não tem nada a ver com o tempo da paixão.

Mas, quando comecei a escrever, meu objetivo era permanecer naquele tempo, em que tudo ia no mesmo sentido, da escolha de um filme à de um batom, na direção de uma pessoa. O tempo verbal no imperfeito, que usei espontaneamente desde as primeiras linhas, representa uma duração que eu não queria que terminasse, "aquele tempo em que a vida era mais bela", uma repetição eterna. Era também uma forma de produzir uma dor que substituísse a espera de antes, pelos telefonemas e pelos encontros. (Ainda agora reler as primeiras páginas é uma coisa de natureza tão dolorosa quanto olhar e tocar o roupão felpudo que ele usava na minha casa e tirava no momento de se vestir para ir embora. A diferença: essas páginas terão sempre um sentido para mim, talvez para os outros também, enquanto o roupão — que já agora é algo que só faz sentido para mim — um dia não vai significar mais nada e irá parar numa sacola de roupas velhas. Ao escrever isto, estou tentando salvar o roupão também.)

Mas eu seguia vivendo. Quero dizer, escrever não me impedia, no instante em que parava, de sentir falta desse homem — cuja voz e o sotaque estrangeiro eu não ouvia mais, cuja pele não tocaria mais —, que levava, numa cidade fria, uma existência que eu não conseguia imaginar — do homem real, mais inalcançável para mim que o homem escrito, designado pela inicial A. Assim, continuava buscando todas as formas de suportar a tristeza, de ter esperança quando, na teoria, não existe mais nenhuma: jogar paciência, colocar dez francos no copo de um mendigo em Auber fazendo um pedido, "que ele me telefone, que ele volte" etc. (E talvez, no fim, a escrita seja uma dessas formas.)

Apesar de estar avessa a encontrar pessoas, aceitei participar de um colóquio em Copenhague porque seria uma chance de lhe enviar um sinal de vida discreto, um cartão-postal ao qual tinha certeza de que ele responderia. Desde a chegada a Copenhague, só pensava nisso, comprar um cartão, copiar algumas frases que eu tinha escrito com cuidado antes da viagem, encontrar um correio. No avião na volta, fiquei pensando que havia ido à Dinamarca só para enviar um cartão-postal para um homem.

Tinha vontade de reler um livro ou outro que eu lera por alto quando A. estava comigo. Impressão de que a espera e os sonhos daquele tempo estariam depositados ali e que eu encontraria minha paixão tal e qual ela fora vivida então. Mas, no fim, decidia não fazer isso, voltando atrás, supersticiosa, no momento de abrir os livros, como se *Anna Kariênina* fosse uma dessas obras esotéricas em que, ao virar determinada página, se abateria sobre o leitor a infelicidade.

Um dia, me veio um desejo intenso de ir até o *impasse* Cardinet, no 17º Arrondissement, onde há vinte anos fiz um aborto clandestino. Foi como se eu sentisse uma obrigação de rever a rua, o prédio, subir até o apartamento em que tudo aconteceu. Como se esperasse que uma dor antiga pudesse neutralizar a atual.

Desci na estação de metrô Malesherbes, numa praça cujo nome talvez fosse recente, pois não me dizia nada. Precisei perguntar o caminho a um vendedor de legumes. A placa que indicava o *impasse* Cardinet estava meio apagada. As fachadas, restauradas, todas brancas. Fui até o número, que eu lembrava qual era, e empurrei a porta, uma das únicas sem fechadura eletrônica. Na parede havia a lista dos moradores. A senhora, auxiliar de enfermagem, tinha morrido ou ido morar numa casa de repouso no subúrbio, agora eram pessoas de classe mais alta que moravam na rua. Seguindo na direção do metrô Pont Cardinet, vi-me de novo caminhando ao lado daquela mulher que insistira em me acompanhar até a estação mais próxima, provavelmente para se certificar de que eu não iria desabar diante da casa dela com uma sonda na barriga. Então pensei "um dia eu estive bem aqui". E fiquei procurando qual seria a diferença entre aquela realidade passada e a ficção. Talvez fosse esse sentimento de incredulidade, de que um dia eu tinha estado ali, afinal nunca havia experimentado o mesmo com o personagem de um romance.

Tomei o metrô da volta em Malesherbes. Esse episódio não alterou nada, mas fiquei satisfeita por ter ido lá, por ter podido me reatar com aquele momento de desamparo que também tinha um homem em sua origem.

(Será que sou a única a querer voltar ao lugar em que abortei? Fico me perguntando se, na verdade, não escrevo para saber se os outros fizeram ou sentiram as mesmas coisas que eu, ou então para que achem normal senti-las. E até mesmo para que as vivam, por sua vez, sem lembrar que um dia leram em certo lugar alguma coisa sobre o assunto.)

Agora já é abril. De manhã, acordo sem pensar de imediato em A. A ideia de aproveitar de novo "os pequenos prazeres da vida" — conversar com amigos, ir ao cinema, comer bem — se tornou menos assustadora para mim. Ainda vivo no tempo da paixão (até o dia em que sequer vou perceber que não pensei em A. ao acordar), mas esse tempo já não é o mesmo, deixou de ser contínuo.*

Alguns de seus detalhes, certas coisas que ele me disse, voltam-me de súbito. Por exemplo, ele ter ido ao Circo de Moscou e ter achado o encantador de gatos "inacreditável". Na hora sou tomada por uma grande tranquilidade, a mesma que experimento ao acordar de um sonho em que nos encontramos, enquanto ainda não sei que foi um sonho. O sentimento de que as coisas voltaram ao lugar de antes, de que "agora está tudo bem". Depois percebo que essas conversas aconteceram numa época distante, outro inverno passou, o encantador de gatos talvez já tenha saído do circo, "ele é inacreditável" pertence a uma realidade que já caducou.

No meio de uma conversa, de repente acho que compreendo uma atitude de A. ou descubro algum aspecto de nossa relação que não tinha imaginado. Estava tomando café com um colega que me confessou ter tido um relacionamento muito físico

* Passo do imperfeito, aquilo que era — mas até quando? —, para o presente — mas desde quando? — por falta de uma solução melhor. Afinal, não posso descrever exatamente como foi que, dia após dia, minha paixão por A. se transformou, posso apenas me deter em algumas imagens, isolar os sinais de uma realidade cuja data de início — como acontece em história geral — não há como definir com certeza.

com uma mulher casada mais velha que ele: "Quando saía da casa dela, à noite, eu respirava o ar da rua com uma sensação de virilidade indescritível". Pensei que A. talvez tivesse a mesma sensação. Fiquei feliz com essa descoberta, embora fosse impossível comprová-la, como se eu tivesse agarrado alguma coisa eterna, que não deixava nenhuma memória.

Hoje de noite, no trem, havia duas moças conversando à minha frente. Ouvi de uma delas "estão numa casa em Barbizon". Esse nome me remetia a alguma coisa e fiquei tentando descobrir o que era até que, minutos depois, lembrei que A. me contara que tinha estado lá com a mulher num domingo. Era uma lembrança igual a qualquer outra, como por exemplo uma que eu teria se ouvisse o nome Brunoy, onde morava uma amiga com a qual tinha perdido o contato. Será que o mundo voltava a ter um sentido para além de A.? O homem dos gatos no Circo de Moscou, o roupão felpudo, Barbizon, todo o texto construído na minha cabeça, dia após dia, desde a primeira noite, com imagens, gestos, falas — o conjunto de signos que constituem o romance não escrito de uma paixão começa a se desfazer. Este texto aqui é apenas o resíduo, um mínimo vestígio, daquele outro texto, vivo. Assim como o outro, um dia este aqui não significará nada para mim.

Apesar de tudo, não consigo deixá-lo de lado, assim como não consegui deixar A. no ano passado, na primavera, quando minha espera e meu desejo eram ininterruptos. Mesmo sabendo que, ao contrário da vida, não devo esperar nada da escrita: ali só acontece o que nela colocamos. Continuar a escrever é também adiar a angústia de entregar o texto para os outros lerem. Estava tão imersa na necessidade de escrever que não me preocupava com tal vicissitude. Agora que fui até o limite dessa necessidade, olho com espanto para as páginas escritas, e com uma espécie de vergonha, nunca sentida — pelo contrário — nem ao viver a minha paixão, nem ao escrever sobre ela. Com a perspectiva da publicação, chegam também os julgamentos, os valores do que é considerado "normal" no mundo. (Pode ser que a obrigação de responder a questões do tipo "é autobiográfico?", de ter que se justificar por isso ou aquilo, impeça vários livros de verem a luz do dia — a não ser sob a forma de romance, em que as aparências estão a salvo.)

Nesse ponto, diante das folhas cobertas com minha caligrafia rasurada, que só eu sei decifrar, ainda consigo acreditar que isto seja algo privado, quase infantil, que não traz nenhuma consequência — como as declarações de amor e as frases obscenas que, durante as aulas, inscrevia dentro das capas dos meus cadernos, e tudo o que podemos escrever tranquilamente, impunemente, tamanha a certeza que temos de que ninguém vai ler. Quando começar a datilografar este texto à máquina, no momento em que ele se mostrar para mim em caracteres públicos, minha inocência chegará ao fim.

fevereiro de 1991

Eu poderia parar na última frase que escrevi e agir como se nada do que acontece no mundo e na minha vida pudesse interferir neste texto. Considerar que ele está fora do tempo, em suma, pronto para ser lido. Mas enquanto estas páginas ainda forem pessoais e estiverem ao alcance da mão como estão agora, a escrita estará sempre aberta. Acho mais importante incluir o que a realidade trouxe do que modificar o lugar de um adjetivo.

Entre o momento em que deixei de escrever, no último mês de maio, e agora, 6 de fevereiro de 1991, teve início o conflito previsto entre o Iraque e a coalizão ocidental. Uma guerra "limpa", segundo a propaganda, embora já tenham caído sobre o Iraque "mais bombas do que sobre a Alemanha durante toda a Segunda Guerra Mundial" (*Le Monde* de hoje) e testemunhas digam ter visto, em Bagdá, crianças que ficaram surdas com as explosões andando trôpegas pelas ruas. Estamos à espera dos acontecimentos anunciados que não chegam, a ofensiva terrestre dos "aliados", um ataque químico por Saddam Hussein, um atentado às Galerias Lafayette. É a mesma angústia, o mesmo desejo — e impossibilidade — de saber a verdade que eu sentia na época da minha paixão. A semelhança para por aí. Na situação de agora, não há nenhum lugar para o sonho ou para a imaginação.

No primeiro domingo da guerra, à noite, o telefone tocou. Era a voz de A. Durante alguns segundos, fui tomada pelo pânico. Fiquei repetindo o nome dele chorando. Ele me respondia devagar, "sou eu, sou eu". Ele queria me ver na mesma hora, ia tomar um táxi. Na meia hora que me restava antes da sua chegada, eu me maquiei e me aprontei com sofreguidão. Em seguida esperei no corredor, enrolada num xale que ele nunca tinha visto. Olhava para a porta com estupor. Ele entrou como fazia antes, sem bater. Devia ter bebido muito, pois cambaleou ao me abraçar e tropeçou na escada quando subiu para o meu quarto.

Depois, só quis tomar um café. Aparentemente sua vida não havia mudado, tinha no Leste o mesmo trabalho que fazia na França, continuava sem filhos embora sua mulher quisesse ter um. Ainda exibia um ar jovem aos trinta e oito anos, com algumas rugas nos olhos. As unhas menos limpas, as mãos mais ásperas, sem dúvida por causa do frio de seu país. Ele riu muito quando lhe censurei por não ter dado sinal de vida desde sua partida: "Eu ligaria para você, 'Olá, tudo bem?', mas e depois?". Não tinha recebido o cartão-postal que eu havia mandado da Dinamarca para seu antigo local de trabalho em Paris. Vestimos nossas roupas que estavam misturadas no chão e o levei até o hotel ao lado da Place de l'Étoile. Nos sinais vermelhos, de Nanterre a Pont-de-Neuilly, nos beijávamos e nos acariciávamos.

No túnel de la Défense, na volta, eu pensava, "cadê a minha história?". E em seguida, "não espero mais nada".

Ele foi embora três dias depois sem termos nos visto de novo. No telefone, antes de partir, disse:

"Vou te ligar". Eu não sabia se queria dizer que ligaria de seu país ou de Paris quando tivesse a chance de voltar. Não perguntei.

Tenho a impressão de que esse retorno não aconteceu. Ele não se encaixa em nenhum lugar no tempo da nossa história, apenas numa data, 20 de janeiro. O homem que voltou naquela noite também não era mais aquele que eu carregava dentro de mim no ano em que ele esteve aqui e, depois, durante o tempo em que escrevi sobre ele. Nunca mais vou ver aquele homem. Mas é essa volta, irreal, quase inexistente, que confere todo o sentido à minha paixão, que é o de não ter sentido, de ter sido, durante dois anos, a realidade mais intensa possível e a menos explicável.

Nesta foto, a única que tenho dele, um tanto desfocada, vejo um homem grande e loiro, que lembra um pouco o Alain Delon. Tudo nele era precioso para mim, os olhos, a boca, o sexo, as lembranças da infância, o modo brusco de pegar os objetos, a voz.

Tive vontade de aprender sua língua. Guardei sem lavar um copo que ele tinha usado.

Desejei que o avião que me trazia de volta de Copenhague caísse se eu nunca mais fosse revê-lo.

No verão passado, deixei esta foto em Pádua, na paróquia do túmulo de Santo Antônio — com as pessoas que deixavam um lenço, um papel dobrado com sua súplica —, para que ele voltasse.

Perguntar se ele "mereceu" ou não isso tudo não faz nenhum sentido. E constatar que essa história começa a ser para mim tão estranha quanto se tivesse acontecido na vida de outra mulher não altera em nada o fato de que, graças a ele, eu me aproximei do limite que me separa do outro, a ponto de às vezes imaginar que iria chegar do outro lado.

Passei a medir o tempo de outra forma, com todo o meu corpo.

Descobri do que podemos ser capazes, ou seja, de tudo: desejos sublimes ou mortais, falta de dignidade, crendices e condutas que eu julgava insensatas nos outros uma vez que eu própria não as havia experimentado. Sem saber, ele estreitou minha conexão com o mundo.

Ele me disse "você não vai escrever um livro sobre mim". Ora, mas não escrevi um livro sobre ele, nem sobre mim mesma. Apenas expressei com palavras — que talvez ele nem leia, e que não são destinadas a ele — o que a existência dele, por si só, me trouxe. Um tipo de dom reverso.

Quando eu era criança, o maior luxo para mim eram os casacos de pele, os vestidos longos e as mansões à beira-mar. Mais tarde, passei a achar que o luxo era ter uma vida intelectual. Agora me parece que é também a chance de viver uma paixão, por um homem ou por uma mulher.

FSC
www.fsc.org
MISTO
Papel | Apoiando
o manejo florestal
responsável
FSC® C011095

A marca FSC® é a garantia de que a madeira utilizada na fabricação do papel deste livro provém de florestas gerenciadas de maneira ambientalmente correta, socialmente justa e economicamente viável e de outras fontes de origem controlada.

Título original: *Passion simple*

DIRETORAS EDITORIAIS Fernanda Diamant e Rita Mattar
EDITORA Eloah Pina
ASSISTENTE EDITORIAL Mariana Correia Santos
PREPARAÇÃO Gabriela Rocha
REVISÃO Eduardo Russo e Geuid Dib Jardim
DIRETORA DE ARTE Julia Monteiro
CAPA Bloco Gráfico
IMAGEM DA CAPA Arquivo privado de Annie Ernaux (direitos reservados)
PROJETO GRÁFICO Alles Blau
EDITORAÇÃO ELETRÔNICA Página Viva

Dados Internacionais de Catalogação na Publicação (CIP)
(Câmara Brasileira do Livro, SP, Brasil)

Ernaux, Annie
Paixão simples / Annie Ernaux ; tradução Marília Garcia.
— 1. ed. — São Paulo : Fósforo, 2023.

Título original: Passion simple
ISBN: 978-65-84568-29-7

1. Romance francês I. Título.

23-145599 CDD — 843

Índice para catálogo sistemático:
1. Literatura francesa 843

Aline Graziele Benitez — Bibliotecária — CRB-1/3129

1ª edição
2ª reimpressão, 2024

Editora Fósforo
Rua 24 de Maio, 270/276, 10º andar, salas 1 e 2 — República
01041-001 — São Paulo, SP, Brasil — Tel: (11) 3224.2055
contato@fosforoeditora.com.br / www.fosforoeditora.com.br

Este livro foi composto em GT Alpina
e GT Flexa e impresso pela Ipsis em papel
Pólen Bold 90 g/m² da Suzano para a
Editora Fósforo em abril de 2024.